LE BATEAU
DE MONSIEUR
ZOUGLOUGLOU

À Louis, mon père qui m'a montré le chemin.
À ma petite Éliette qui l'éclaire.
C. P.

À Mária Néni.
S. D.

60-62, rue Saint-André-des-Arts, 75006 Paris – www.didier-jeunesse.com
Prises de vue : Olivier Mauffrey
Réalisation graphique : Isabelle Southgate
Photogravure : Jouve Orléans & IGS-CP
ISBN : 978-2-278-06157-0 – Dépôt légal : 6157/12
Loi n° 49-956 du 16 juillet 1949 sur les publications destinées à la jeunesse
Achevé d'imprimer en France en novembre 2019 chez Clerc (Saint-Amand-Montrond),
imprimeur labellisé Imprim'Vert, sur papier composé de fibres naturelles renouvelables,
recyclables, fabriquées à partir de bois issus de forêts gérées durablement.

PAPIER À BASE DE
FIBRES CERTIFIÉES

Didier Jeunesse s'engage pour
l'environnement en réduisant
l'empreinte carbone de ses livres.
Celle de cet exemplaire est de :
150 g éq. CO$_2$
Rendez-vous sur
www.didierjeunesse-durable.fr

À PETITS PETONS

Sous la direction littéraire de
Céline Murcier

LE BATEAU
DE MONSIEUR
ZOUGLOUGLOU

Une histoire contée par
Coline Promeyrat

Illustrée par
Stefany Devaux

Didier Jeunesse

Un jour, monsieur Zouglouglou trouve un sou.

Il a envie d'un p'tit repas,
alors il achète une noix.

Il la casse, il la croque
et avec la coque,
   il fait un joli bateau
   pour aller sur l'eau.

Monsieur Zouglouglou met son chapeau,
son chapeau de matelot et monte sur son bateau.

Et sur le joli bateau chante le matelot :

Pour un sou, j'ai un bateau,

Vogue, vogue jolie coque,

Pour un sou, j'ai un bateau,

Vogue, vogue au fil de l'eau.

Au bord de la rivière, une souris sort de son nid et dit :
– Ohé du bateau, emmène-moi sur l'eau !
– Viens, tu me tiendras compagnie ! dit monsieur Zouglouglou.

Et hop !
   – *Me voici,* dit la souris.

Et sur le joli bateau chantent les deux matelots :

Pour un sou, j'ai un bateau,
Vogue, vogue jolie coque,
Pour un sou, j'ai un bateau,
Vogue, vogue au fil de l'eau.

Au bord de la rivière, une rainette fait trempette :
– Ohé du bateau, emmène-moi sur l'eau !
– Viens, on va faire la fête ! disent la souris et monsieur Zouglouglou.

Et hop !
— *Une pirouette* et je suis prête,
dit la rainette.

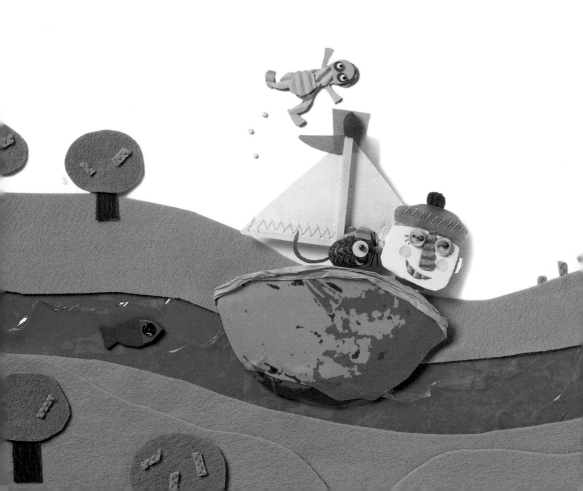

Et sur le joli bateau chantent les trois matelots :

Pour un sou, j'ai un bateau,

Vogue, vogue jolie coque,

Pour un sou, j'ai un bateau,

Vogue, vogue au fil de l'eau.

Au bord de la rivière, un lapin grignote du plantain :
– Ohé du bateau, emmène-moi sur l'eau !
– Allez viens, on embarque les copains !
disent la rainette, la souris et monsieur Zouglouglou.

Et hop !
 – *Je vous rejoins,* dit le lapin.

Et sur le joli bateau chantent les quatre matelots :

Pour un sou, j'ai un bateau,
Vogue, vogue jolie coque,
Pour un sou, j'ai un bateau,
Vogue, vogue au fil de l'eau.

Au bord de la rivière, un chat les voit passer :
– Ohé du bateau, emmène-moi sur l'eau !

– Ah non, **pas toi le chat**, *tu vas nous faire chavirer !*
répondent le lapin, la rainette, la souris et monsieur Zouglouglou.

Le chat chagriné se met à pleurer.
Ses larmes tombent dans la rivière :

    ploc, ploc, ploc !

    Et la rivière monte, monte, monte...

    – Hé le chat, *arrête de pleurer,*
    la rivière va déborder !

      Allez viens, on va tous se serrer !

Et hop !

Voilà le chat.

Ouf ! Le bateau ne se renverse pas.

Et sur le joli bateau chantent les cinq matelots :

Pour un sou, j'ai un bateau,

Vogue, vogue jolie coque,

Pour un sou, j'ai un bateau,

Vogue, vogue au fil de l'eau.

Au bord de la rivière, une petite puce se promenait,
personne ne l'a vue arriver.

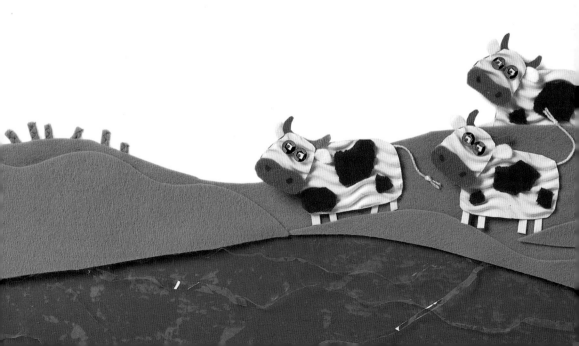

Et hop !

La petite puce, dans le bateau elle a sauté.

Oh mais là, c'est trop !

Plouf ! Les six matelots tombent à l'eau.

Glou glou glou, fait le bateau.

De cette histoire,
tout le monde est ressorti mouillé :

la petite puce,

le chat,

le lapin,

la rainette,

la souris

et monsieur Zouglouglou.

De cette histoire, une chanson est restée :

Pour un sou, j'ai un ba-teau,   Vogue, vogue jo-lie coque

Pour un sou, j'ai un ba-teau,   Vogue, vogue au fil de l'eau.

*Le conte où l'on voit des animaux monter l'un après l'autre
dans une frêle embarcation qui finit par chavirer
est surtout répandu dans le Bassin méditerranéen.*

Les P'tits Didier

Des livres câlins à mettre entre toutes les mains !

La Mare aux aveux
J. Darwiche - C. Voltz

Roulé le loup !
P. Gay-Para - H. Micou

Le Poussin et le Chat
P. Gay-Para - R. Saillard

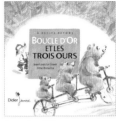

**Boucle d'Or
et les trois ours**
J.-L. Le Craver - I. Bonacina

La Souris et le Voleur
J. Darwiche - C. Voltz

Le Loup et la Mésange
M. Bloch - M. Bourre

Les Trois Boucs
J.-L. Le Craver - R. Saillard

Les Trois Petits Pourceaux
C. Promeyrat - J. Jolivet

**La Souris qui cherchait
un mari**
F. Vidal - M. Bourre

**L'Ogresse et les sept
chevreaux**
P. Gay-Para - M. Bourre

La Chèvre Biscornue
C. Kiffer - R. Badel

**Retrouvez les plus belles
histoires de Didier Jeunesse
au format poche !**

68 titres disponibles
pour les tout-petits
et les plus grands.

www.didier-jeunesse.com